せせらぎさがし

清水博司詩集

土曜美術社出版販売

詩集　せせらぎさがし＊目次

Ⅰ

ときどき春が　8
気化した記憶のために　10
風の話　14
ウサギに会いに　18
旅人に　22
馬鈴　24
せせらぎさがし　28

Ⅱ

呼人　32
内地　36
今日という未来　42
谷間《たにあい》・夏　46

林の道　50
ハルニレの森の中で　時間は　54
アイスアルジー　58
熊胆　60

Ⅲ

眼鏡をかけたトド　64
曖昧な未来形　68
時計をみつけに　72
ショルダーバッグ　76
遅刻（１９６９）　80
沼袋（１９７０）　84
多摩川そしてドニエプル川　88
身すぎ　92

カバー・扉装画／伊藤彰規

詩集　せせらぎさがし

I

ときどき春が

ときどきだが
春が苦手だと思うこともある
風が爆ぜて土が動き始めるというのに
ぼくは冬の中に取り残されたままなのだ

ときどきだが
春が辛いと思うこともある
冬毛を飛ばしている獣たちがいるというのに
ぼくはいつだって冬毛のままなのだ
そして　誰かがその冬毛を無理やり引き抜こうとやってくる

ぼくに夏毛はないのに

ときどきだが
春が厄介だと思うこともある
いたるところで交わされる言葉が
「芽生え」だったり「息吹き」だったり
それから「生気」だったりするというのに
ぼくは冬の中に枯れ　斃れ　埋もれた
まだ腐蝕を始める前の記憶を浚うのだ

春は全ての〈死〉の記憶を失わせるかもしれないのだから
使われなくなった言葉の織られた赤いテーブルクロスに
引き抜かれた冬毛と一緒に　それらを集め
しまい込む

気化した記憶のために

「取扱注意」のラベルが貼られた
送り主の不明な函が届く
相手が不明なのだが
いつもまあいいか　なのだ
今日も　まあいいか　と
考えることもなく力任せに函を開ける

すると
不意に　緑色の記憶が羽搏き　飛び出した

無理やり圧しこめられていた鳥のように
啼きながら
函の中から飛び出て
空を探し
部屋中を飛び回る
飛び回りながら
気化して消えた
啼き声も消えた

それはぼくの記憶だったのか
それとも
ぼくが傷つけた誰かの記憶だったのか
そしていったい誰が送って来たのか
わからないまま

函の中には記憶のからだを包んでいた羽毛
その遺された羽毛に付着している
微かな血

凧の話

君から吹く凧の実をもいでたべた
なぜだか心が蕭々と鳴った
残った凧の種を校庭に植えた
凧の木が育ち
凧の音を聞かせた
すると凧の実が生った
食べられない苦い実だった
凧は激しく心を浚っていた

クマゲラが
風の木を叩いている夏の片隅に
ぼくたちの出されなかった同人誌の記憶が落とされる
名前だけ決めていた
『渾沌』
そのころ生半可に読んでいたカミュのせいかどうか
理由はなかったが
たしかにそれはこんとんとして　不条理で
次第に冷たくなる風に吹かれ
ぼくたちの日々に散らばり
（まったく枯葉みたいに）
跡形もなくどこかに隠れてしまった

もしかすると

誰かの黄ばんだノートの中で
苦い風の記憶とともに
いまでも『渾沌』が蠢いているのかもしれない

ウサギに会いに

ウサギに会いに出かけようとドアを押した
ぶらぶらと
あちらこちらのドアから飛び出し
慌ただしく兎狩りに行く人たちとは
決して目を合わせない

こんな日にはあの慎重なウサギに出会えるはずもない
と　小さな諦念にくすぐられ
路から道へ

ホーボーのように
ついでに暮らしも探し
ぶらぶらと

溶けていた夏の質量が静かに流れ出ている道で
背広を着て
鈴懸の円い実を手に持った
角のあるウサギ　ジャッカロープに出会った
挨拶をされたが
挨拶を返せなかった
会いたかったウサギではなかった
狩りに行った人たちに
仕留められてしまったのだろうか

会いたかったウサギに会えず
不安は不安を呼んで
不安がもつれ
青空なのに道でころぶ

ぶらぶらをやめよう
と　決めた

あの一日は
ぼくの沢山の一日の中の
どの一日だったのか

「ただいま」を言うドアも
もうどこかに消えて

どこかでウサギが啼く

旅人に

羽根を失った旅人が
せめて背を広げて
地を歩き続けることは
無意味なのだろうか

帰ろうとした生誕の陸から
飛べないと告白した旅人は
冷ややかに追い払われた

語り合う世界は崩れているのだから
という諦念が
むしろ彼の旅を支えているのかもしれない
夕暮れの足を萎えさせないためなのか
蜩の鳴き声が閉じかけた背を押す

ついに帰還の地を持てない行人である　と知ったなら
君よ
襤褸の時をまとい
残りの日の乏しいその旅人に
一つまみの塩と
一杯の水を
用意してはくれまいか

馬鈴

牛乳馬橇が
白い道を
遠ざかっていく

牛乳馬橇に乗り込んで
牛乳缶と一緒に荷台でゆれていた
不安もなく　馬橇に体をあずけていた

さっきまで青空だった空は

見えなくなり
不意に言葉がかかり
そこがどこなのか分からない
雪道の上に
放り出されるように降ろされた

あの時　運ばれながら
何を期待していたのか

牛乳缶から汲みだされる一杯の牛乳か
通ってきた馬橇の跡を眺めながら
遠くまで行くことか
駁者のやさしいことばかけか

馬は烈しく鞭うたれ
馬鈴を悲鳴のように鳴らし
遠ざかっていく

白い盆地を浚っていく
しばれる風に吹かれ
そこで小さな氷柱となって
日暮れる前に　考える

あの時　何を期待していたのか

降り始めた雪は
馬橇の来た道を消し
まもなく全ての景色が消える

鈴を探さなければ
鈴を鳴らさなければ

その後幾度も体験するのだったが
そのとき　はじめて途方にくれた

せせらぎさがし

坂を下りきると
せせらぎがあったね
小さな魚たちが泳いでいたね
ぼくたちの脚も泳いでいたね
水草が揺れ
ぼくたちが揺れ
坂を下りると
あのとき
街にはせせらぎがあったね

ずいぶん前から街は渇いているね
魚たちどこへいったのかな
昨日見たような気がするけれど
あれは自転車に乗って出かけようとする君だったのかな
どこへいくのと聞いたとき
ニヤッと笑って小魚になって
何にも言わなかった
「あのとき」だから昔のことだね
大昔なのかな
ぼくは誰にでも
どこにいくのと聞いたね
聞くとみんな小魚になるんだ
誰も何も答えないから
聞いても意味がなかったんだけど

せせらぎにいくっていってもらいたかったのかな
ぼくにはそれがどこだかわからなくなったから
でも
たしかにせせらぎの匂いがするんだ
どこだろうね
見えないね
聴こえないね
自転車に乗って
坂を下って
もっと下って

Ⅱ

呼人

人を呼ぶのだという
石北本線の終点を目前にして
ふいに現れた駅
呼人
ぼくの隣に座っている人がつぶやく
「あんまり淋しすぎる駅名」
イオピト*（i-opi-to）アイヌ語の音を借りて

漢字をあてたというのだったが
たしかに
樹林にうもれてしまいそうなこの駅で
人は不意に冷たい湖水に突き上げられる
青い感情の中へ

しばらく吐き出される声を押しとどめ
胸奥に向かって
誰かを呼ぶのだろうか

石北本線の終着まであとわずかの　この地で
沈めてきたおびただしい日々が噴き上げ
人は
縛り付けられていた鎖が砕けるように

あえなく誰かの名を呼んでしまう

人の名を呼ぶことで
背中まで暖かさのとどかない焚火の前で
ようやく
浅い眠りにつくことができるのだったろうか
眠りの中で朝を待つことができるのだったろうか

生きるために火は絶やしてはならなかった
誰かの火を奪うこともあったのだろうか
そして土地も

風雪を着た男たち女たちが爆ぜながら
押し流され　流れついた

白いしじまの森と湖に向かって
いまも人を呼びつづける

＊　イオピト＝親沼から分かれ出ている湖

内地

各地から桜の便りが
というお定まりのニュースが流れる時
ぼくたちもまたいつものように
うつむきながら
それぞれのゴム長靴で
まだ氷と雪の　春の遠い白い道を歩いているのだ

ぼくの周辺では画像に映る春の各地は〈内地〉と呼ばれた
だからぼくたちは〈外地〉にいる

小銃をもった人たちの後に隠れながら
〈内地〉の季節からはみ出してきたのだ

もはや〈内地〉の表情を真似ようとしても
季節がずれてしまう顔から
突然
〈嗤う〉という文字が歪んで飛び出してくる

文化がないと自嘲するそぶりを見せる半可通の癖は
なおらなかった
疑ってはいけないその〈内地〉の文化は　どんな文化なのか
だれも語らない

ここは〈内地〉とちがうからと〈嗤い〉ながら

またしても〈内地〉と〈外地〉の壁作りにあくせくする
けれど〈流行は東京、札幌、そしてこの街に直進する〉
という人びとの口調の中にある奇妙な顕示
確かに文化ではなく〈流行〉が「やっかい」もつれて直進してきた

たとえば青空から
戦闘機の音速を超える衝撃波が聞こえる
〈内地〉が空を飛んでいる
〈内地〉を口をあけてあおぐ

流氷の去った岩の上で
身体を休めていたトドが

Ｆ86戦闘機の機銃掃射演習の標的になった

春の風物詩　とまた公共放送から明るい〈内地〉ことばが流れる
害獣なのだ　と

あの古い小銃はだれに向けられていたのか
あの機銃が誇示した〈嗤い〉はいつから始まったのか

駆除される春
ぼくの顔からも歪な〈嗤う〉が飛び出すのか

米軍の支配する南の島々では
〈内地〉を〈本土〉とも呼ぶのだ　と
そのことを知ったのは
いつだったか

燃料の途切れそうなストーブの前で
しがみつく〈嗤い〉を砕きながら
せめて寒さ凌ぎ
ぬかるみの
五月の春を語るしかないではないか

今日という未来

幾度目かの出発
だれにも見送られはしなかったのだが　そのたびに
ポプラは呼吸の仕方を教えてくれた

後景にさがってみるのだ
意識や認識というものが現れたぎりぎりまで
それを後退と言うのか退却と言うのか知らないが
とにかくさがれるだけ
背もたれたポプラから呼吸の仕方を学んだ

その日の今日に向かって
すると過去の通風孔から
未来を呼吸するぼくが見える

あの日の今日
降りそそぐ種を包む白い綿毛と共に
切り倒される前のポプラの木の陰から
きみは現れ
呼吸の仕方を知り始めたぼくを静かに笑い
「ポプラはコットンウッドとも言う」
と教えてくれた

けれど　たとえば

「だれか」の通る道のために
毎年毎年木をばさばさと切り倒し
樵人たち自身が自嘲的に嗤うしかない
「植樹祭」とやらを
きみとともに憤り悲しむことは
この未来にはなかった
きみはぼくが歩き始めた瞬間に
約束していたかのように
切り倒されたポプラの中に帰っていったのだから

過去という今日
あの後景から
この未来の背もたれの失われた今日まで
包み込んでくるきみの

「コットンウッド」という声
そのとき選び取られたことば

ぼくはポプラに学んだとおりのやり方で
今日という未来で　まだ
呼吸し続けている

谷間《たにあい》・夏

谷間に足が届いた
明るい風が青く膝に触れ
三角紙に入れたアカマダラ見せようと
待ち構えていたともだちがいて
なぜだか二人とも笑った

谷間は消えた
アカマダラはどこだろう
あの日の笑いはどこだろう

小川の面に手が映った
深い流れが肘を濡らし
青い空と木立が水の中で揺れていた
水を汲んだ
教室の水槽の稚魚まで　みんな溢れて泳いだ

小川が消え　木立が消えた
あの小川を入れた水槽はどこだろう
稚魚たちはいまも稚魚のまま泳いでいるのだろうか

崖の上層にショウドウツバメは巣穴を作っている
青大将を警戒しながら
群をなして　軽々と青い空を切った

崖が消え　青大将が消えた
ショウドウツバメはどこだろう
あの切られた青い空はどこだろう
潜り抜ける谷間を失った風の変声

林の道

通ってはいけないといわれている林の中を
子供たちは内緒で潜り抜ける
近道なのだ　見つかるな

けれど
一匹でも金蠅を見かけたら
そして顔にまとわりつこうとしたら
獣の屍に出会うことを覚悟しなくてはいけない

屍はさがさなくてもいい
必ず歩く先にある　草に埋もれ足幅しかない道沿い
何秒か何十秒か先の叢
何歩か何十歩か先の叢
いずれしてもそのくらいの未来は予測できる
猫であるか犬であるか　もしかするとキタキツネか
獣毛の下の腐肉と浮き出る骨と
死を死んでいく獣の顔からむき出ている歯
白い蛆が蠢く

　恐怖映画とか
　ホントのこと

子供たちの歩行速度に合わせて顔の周りをとぶ金蠅

怖くないのか
怖い

誰かが声を張り上げる
張り上げた声が小暗い叢に吸い込まれた瞬間
屍をちらっと見ながら
走る　走る
ランドセル揺れる　感情昂る
逃げる　林を抜ける

赤い頬で　草いきれを吐き出すように
互いに見た光景を話す
見たか見なかったか

そう問題は見たか見なかったか　だった

生き物たちの死と生とが
子供たちのおののきの一部になって
緑色に押し合いへし合いしていた
林の道　草の道　けものみち

ハルニレの森の中で　時間は

時間は
森へ漕ぎだす以前から
君の痩せた肩に降り注ぎ
堆積しつづけている
君のボートを濡らす
君のボートに積もる
雨　雪　砂塵　のように

オールを入れる

森を深く行く

ハルニレの森に潜んでいた裸馬が姿を現す
白馬　赤馬　黒馬　青白い馬
黙示録などと
デューラーは馬に四人の騎士を乗せた
人々を絡めようとする錯視
裸馬は走り去る

オールを入れる
まだ時間は降り注いでいる

あさまだき
ホトトギスがあの「テッペンカケタカ」の声を響かせる

そういえば
少し前に托卵されるウグイスの鳴き声を聞いた
あれはホトトギスに聞かせるためだったのか
鳥たちの生き方　君の生き方　誰かの生き方
いずれにしても鳥の鳴く森は明るいのだという
たとえ下草に光が届かないとしても

森の時間は軽々と流れて行く
オキクルミはまだ姿を現さないが
デューラーの野ウサギがハルニレの森を跳び走る

降り注ぐ君の時間にオールを入れる
何時　時間が流れを止めるのかはわからないが
森の果ては青空のなかに落下している

おそらく

アイスアルジー

海氷の底に張り付いて
氷を通って来る淡い光を静かに呼吸する
アイスアルジーは　君と同じように
強い光を嫌う

結氷の終わり　光を遮る氷が融けると
その強い直射から逃れるように
ゆっくりと自らを解体し沈降させていく
そして　そこから食物連鎖が始まる

君のことばもまた海中へ　海底へ
自らを解体し　ゆっくりと沈んでいった
赤茶けたアイスアルジーのように
何かの連鎖の始まりになりたかったのだろうか

氷のない短い夏
冷たいオホーツクの海を不器用に泳ぎ
唇を紫色にして　しかしだからこそ君は
ことばを育てる結氷を　想っている

熊胆

役場の出張所の床板に転がされた
黒い個体の周りに部落の人たちが集まっていた

親別れしたのはこの春か
里におりたらいけない　と
母親は教えんかったのか
痩せて肉がついとらん
この夏は山も不作か

窓ガラスから冷たい夏の寂寥が
若い羆の肩に蒼く積っている
殺された羆の黒い毛は銀をまぶしたように光った

ここらは茶色い山オヤジの仕切りじゃけ
追っ払われたんだろう
一人で生きる場所みつけにゃならんけの

樹皮はぎを覚えたばかりの羆の爪に夏の光が届く
抜き取られる〈熊胆〉を隠せ

Ⅲ

眼鏡をかけたトド

気がつくと
眼鏡をかけたトドが
狭いリビングを占領していた
北の水族館にいたのだといい
突然語りはじめた

柵の中の岩の上に座って
ずっと海を眺める毎日だったが
餌につられてときどきダイビングをすると

見物客はよろこんだ
本意ではなかったが
身体の大きいぶんの水しぶきと歓声が上がった
すこし気分が良かったが
それも一時だった
海からは寂しい風がふきつけた
水族館は閉鎖された
いくあてもなくなった
海に帰ってもよかったのだが
眺める海には家族もいない
撃たれるかもしれない
さまよいながら考えた
そういえば観客の中におまえがいたと
そして見つけた

たしかに
そこにぼくもいた
トドの大きさと水しぶきに
あんぐりと口をあけてみていただけだったが
あれはもう半世紀以上も前のことだ

表情を変えずにトドは一鳴きした
家が震えた
ぼくも震えた
ぼくは
眼鏡をかけたトドが一鳴きしただけなのに
右往左往している

ただ安心してほしい
ぼくは銃器をもたない

曖昧な未来形

強い生き物は
傷ついた時には
それが癒えるまで
飲まず食わずに
座ったまま
何日も動かずじっとしていると
何かで読んだ
たしかに読んだ

ぼくは弱い生き物だから
視線が定まらず　目をきょろきょろ動かして
挙動不審
傷つけたり傷つく前に
足音や人声から逃れるように
物陰に隠れ　こっそりと
コンビニの廃棄倉庫からさがしあてた「明日」を
貪る

すると目の前に傷ついたトドがあらわれる
じっと座ったままの姿で
こちらを向いている
ぼくが貪った「明日」が
トドの目の中に光っている

そう見えるのは錯覚か
消えかけている後ろめたさか

臆病で逃げ足だけが速い膝頭を
トドの鳴き声が
打つ
そして　動けなくなったぼくに
「希望」を喰ったことがある
と　トドがいった

そうだったのだ　ぼくたちは　それぞれ
「明日」を貪り
「希望」を喰らったのだ

だからぼくたちの
曖昧な未来形が
日本語を占拠し続ける

ぼくはいまだに激しく挙動不審で
トドは首を上げたまま　じっと座り続けている

時計をみつけに

いくら歩いても
あの森はちかづかない
そのはずで
森は縮んでいたんだ

森に隠しておいた
ぼくの時計も
どこにあるのか
わからない

記憶を手繰っても
ここがあのときのどこなのか
わからない
その森が
あったのかなかったのか　さえも

今日は森に向かっているが
昨日は街だった
街も縮んで小さく
看板の文字が崩れて読みとれなかったりしたんだ
足早に過ぎ去る若者の記憶は前だけを向いて
老人の記憶は新しい青信号を渡り切れない

かみ合わないんだ
森も街も
それぞれの
都合の良い記憶の中にしかないから

でもぼくは
あの森とあの時計を見つけに歩いたんだ

ちっちゃな〈都市〉と言われるその街にあった喫茶店で
初めて聞いたジャズのこととか
ぼくたちの中に流れこんでいた緑っぽい風のこととか
そして
一生懸命に
少女を追いかけていたときの君の告白とか

もしかしたら
隠しておいた時計を見つけて
もういなくなってしまった君と
たわいなく笑いあえるかと思ったんだ

過去を未来におくために

ショルダーバッグ

街の通りに響いている音楽に気を取られながら歩いていると
背後でふいに何かが落ちて壊れる音がして
ふりかえった
すると自分の過去が瓦解し散乱していた
たしかにそれは自分の過去だった
陶器を値踏みしていた
骨董屋の親父がこちらをみて笑っている

仕方がないので慌てて拾い集めて
ショルダーバッグの隙間に入れた
もう必要ではないとも思ったが
少し心に引っ掛かった
バッグの中の砕けた過去は
復元するとオホーツク式土器になるのかもしれない　と
奇妙な考えにとりつかれながら歩いていた

するとポプラ並木から風が吹いてきた
その風がぼくをどこかへ運ぶのかと思ったが
風はぼくを置きざりにしたまま去っていった
ぼくは道端にいた

それから遠い山から雲が流れてきたが

雲に呼びかけていた詩人のことが頭をかすめただけ
雲に乗ることも
雲に何かを乗せることも
できなかった
ぼくはまだ道端にいた
それから街を出たいと思った

ルノワールの「どん底」も
チャップリンの「モダンタイムス」も
ルネ・クレールの「自由を我等に」も
二人で道を歩いて行くフィナーレ
あれはフタリポッチというのか
でもこの国の映画はヒトリポッチで佇れている
歩いて行くことさえできない

そんなのばかり　でもないか
多分　道端にいるぼくの偏見だ

でもぼくは
砕けた過去の入ったショルダーバッグを担いで
ひとりで　街を出た

遅刻（1969）

ポプラの綿毛が降り注ぎ
確かに梢に鳥が止まっているのだけれど
葉の群れ音と光の中で
見えない
隠されている鳥の影
君たちはもうポプラの綿毛の季節の中を歩かないのだね

切り倒された

毎日遅刻するけれど欠席はしない
朝礼が終わったころ
ポプラを見上げながら
中庭をぶらぶらと禁止された下駄ばきと無帽で
登校するぼくは
二階の教室から見おろしている君の視線とであう
それだけ
会話もなく　けれどそれは毎日のことで
一日が始まるサイン　と思いこむ

うわさに過ぎないが
君はショパンの「練習曲《エチュード》」を　毎日
放課後の音楽室で弾いているとか
リストが名付けたという「革命」を

切り倒された

綿の中に種を潜ませていたのに
芽吹くこともなく処理されてしまった
校舎を包むように樹立していたあの景色に
今日がかすかに
支えられているのだね

静まりかえった図書館で見た
ベトナムの写真
内臓を走る緊張
校舎から独立したあの白壁の図書館も

切り倒された

気づいたのだ
梢の先を見上げ続けれていれば
記憶の背筋が伸びるのだ　ということに
鳥と君の羽ばたきに気づけるのだ　ということに
猫背が治らなくなった　いまごろ

沼袋（1970）

なにしろ　黴　黴　そして黴
四〇ワットの裸電球が照らしだすベニヤ壁
日の差し込まないことなど
信じなくてもいいのだ　そんなもの
そこに繰り返された日々は
ことばとともに雨漏りしていて

ロビンソン・クルーソーの知恵は
どこにあったか

散らかった活字
広辞苑から雨の匂いがあふれている
西武新宿線沼袋駅徒歩八分あたりの
すこしばかり湿って尖った時代
いや　かなり水浸しで鋭く尖って
ぼくたちはおぼれないように身構える

電車の音がそこに流れ込む
空腹とか
空回りする思考とか無知とか
そしてまた空腹とか無知とか
市ヶ谷で沸騰しそこなったことばとか
催涙ガスをかすかに体に巻き付けたやつとか
流れ込み

流れ出て
ぶらぶらしたものだけが滓になる
滓になって
路地を出る　それから

歩きながら乾いた

誰かが捨てたのか　それとも
青い空から落ちてきたのか
路上にころころと転がる
爆弾キノコを踏んづけて
霧のような胞子を浴び　吸い込む
明日
キノコになって目覚めるのかもしれない

そして　歩きながら
突然　気づいたのだ
ぼくだけではない　ぼくたちは
悲しみ方を忘れてしまった
と

多摩川そしてドニエプル川

いつものように
黒いショルダーバッグを肩にかけ
かじかんだ土手の道を歩く
川面を眺め
確かめる　何を
多摩川は慌ただしく流れている
どこもかしこも
慌ただしく流れる
この国

少年の擦り切れるような悲しみを
「心の持ち方でなんとかなる」と
すりかえて流れる
河口に群棲するアカテガニやらベンケイガニやらが
流れてくる「心の持ち方」を待ち構え　赤く貪る

ところで　ドニエプル川の流れは
ゆったり
ゆったり
しているのだろうか
生活や涙を洗っているだろうか
シェフチェンコの想いは
たゆたいながら黒海にそそいでいるだろうか

あの空の傷痕から流れ出ているのは
ドニエプル川の水
岸辺でポプラの木に変身した
少女

身すぎ

こうした身すぎを想像だにしなかった（原民喜）

旅の始まりは堅いシート
その最終列車は
夜の中に入っていくにはもってこいの黒い蒸気機関車
ドリス・デイのセンチメンタルジャーニー　だなんて
そこでは帰ることが歌われ
ぼくは帰らない歌を思考する

その運行が消えるかも知れないと

毎年のようにささやかれていた機関車の甲高い汽笛が
消え去った獣たちの遠吠えのように町を刺激し
いつものように深夜の町は少しだけ震えるんだろう　と

餞別にと渡された紙袋には缶ビールと煙草
十八歳のぼくはあわてて紙袋を閉じ
灰色の鱗を隠すために
堅い座席に背中を押し付け夜をまとった
草臥れたバスケットシューズが目に入る
身すぎの始まり　行先　未だ不明

著者詩歴

清水博司（しみず・ひろし）

1951年　北海道北見市生まれ

詩集『地球に吹いた風に』（芸風書院）1987年

『いきつもどりつ』（潮流出版社）2000年

『ことばは透明な雫になって』（潮流出版社）2008年

『さあ帰ろう―― around the corner ――』（潮流出版社）2016年

新・日本現代詩文庫 154『清水博司詩集』（土曜美術社出版販売）2021年

現住所　〒214-0036　神奈川県川崎市多摩区南生田 7-9-4

詩集　せせらぎさがし

発　行　二〇二四年四月三十日

著　者　清水博司

装　幀　直井和夫

発行者　高木祐子

発行所　土曜美術社出版販売

〒162-0813　東京都新宿区東五軒町三—一〇

電　話　〇三—五二二九—〇七三〇

ＦＡＸ　〇三—五二二九—〇七三二

振　替　〇〇一六〇—九—七五六九〇九

印刷・製本　モリモト印刷

ISBN978-4-8120-2827-8　C0092